OOR WULLIE

D. C. THOMSON & CO., LTD., GLASGOW: LONDON: DUNDEE
Printed and published by D. C. Thomson & Co., Ltd., 185 Fleet Street, London EC4A 2HS.
© D. C. Thomson & Co., Ltd., 2010

ISBN 978-1-84535-411-4

Wullie micht no' be that tall –
but he's the best first-fit of all.

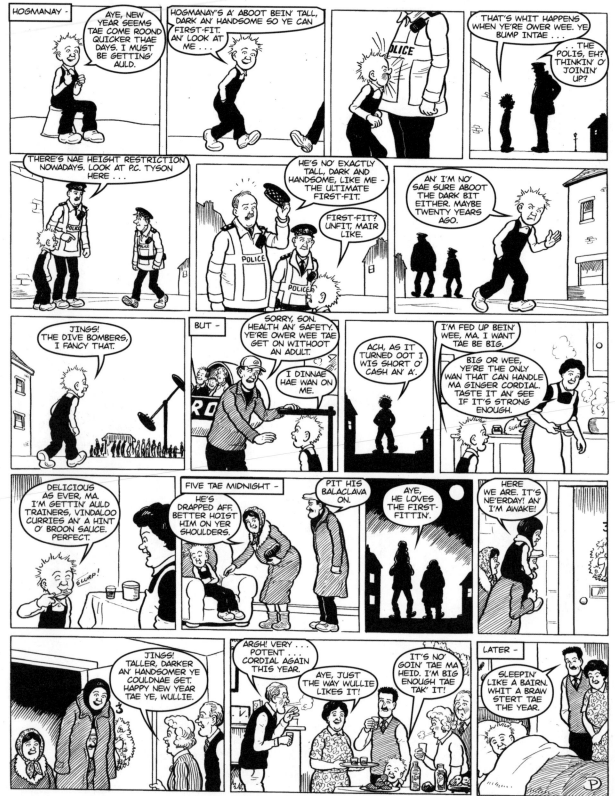

Wull and Ma are turnin' pale –
look whit Pa's pit up for sale!

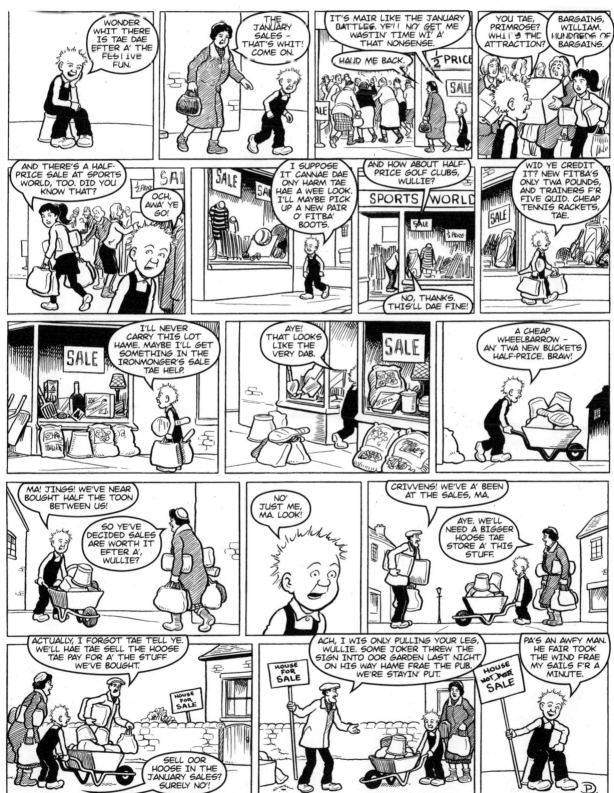

It's awfy hard tae know –
whit's underneath the snow!

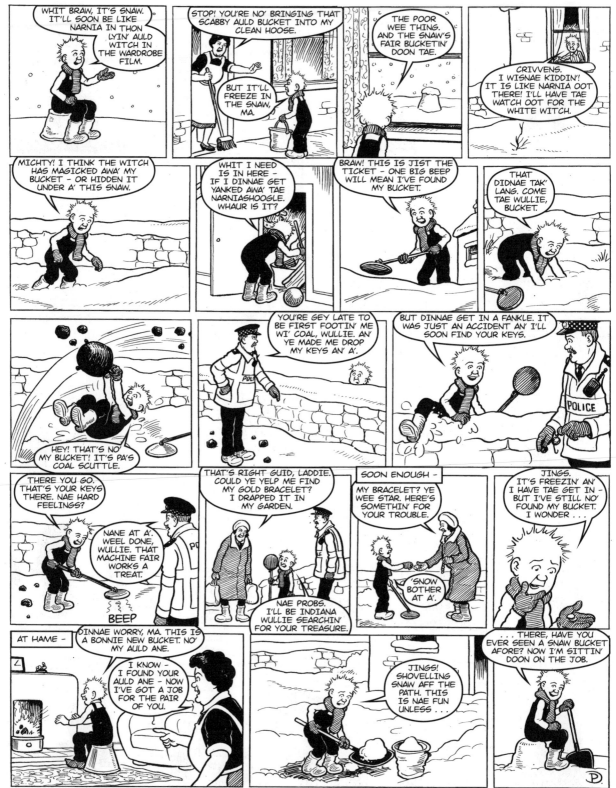

Spoutin' poetry's no' quite right –
for Granpaw Broon's big Burns night!

A big delivery surprise –
no' through the post, but frae the skies!

Ye must agree Wull's lookin' good –
dressed in a skirt made oot o' wood!

The cookin' Wullie has tae face –
is puddin' in a pillow case!

The punishment's twa hunner lines – for Auchenshoogle's Valentines!

Nae time tae rest, nae time for fun –
a laddie's work is never done!

 SETERDAYS ARE BRAW. NAE SKAIL, AN' IT'S A LANG TIME 'TIL MONDAY.

 NAE RUSHIN' ABOOT, A BIG FRY-UP ON THE TABLE, AN' . . . EH? WHAUR'S MA GRUB? WHAUR'S MA?

AH'M THROUGH HERE.

 AH'M AWFY TIRED THE DAY, WULLIE. DAE YE THINK YE COULD MANAGE TAE MAK' MA BREAKFAST AN' BRING IT TAE ME IN BED?

AYE, SURELY.

 TWA EGGS SUNNY SIDE UP, AN' TEA, TWA SUGARS, AN' TOAST . . .

SOON –  HERE YE ARE, MA. HOPE IT'S A'RICHT. AH'LL GET MA AIN BREAKFAST NOW.

YE'RE A RARE LADDIE.

 WULLIE, WHAUR'S THE TAMATTY SAUCE?

EH? OKAY, MA, AH'LL BRING IT THROUGH.

 HERE'S A PUCKLE MESSAGES YE'LL HAE TAE GET. AN' PICK UP MA PEOPLE'S FRIEND, AN' A WEEKLY NEWS.

JINGS.

 A PUCKLE MESSAGES? AH'VE BOCHT ENOUGH HERE TAE FEED THE BLACK WATCH.

 SORRY, WULLIE, AH'VE NAE 'FRIENDS' LEFT. YE'LL NEED TAE GO TAE YON BIG SHOPPIE ON SCOTT STREET.

WHIT? THAT'S MILES AWA'.

 NAE WONDER MA'S TIRED OOT. DAEIN' THE MESSAGES IS AWFY HARD WORK. AN' AH'M STERVIN', TAE. AH DIDNAE HAE TIME F'R MUCH BREAKFAST.

EVENTUALLY –  IS THAT YOU, WULLIE? AH HOPE YE GOT A'THIN'.

SO DAE I.

 GUID LADDIE. YE KEN, IT MUST BE NEAR DENNER TIME. TAK' THIS AWA', AN' BRING ME SOME BEANS ON TOAST, WID YE?

 WI' MEBBE A BITTY BACON ON THE SIDE. OH, AN' DINNAE FORGET MA ORANGE JUICE, AN' . . .

AYE, AYE, CRIVVENS, WHA'D BE A HOOSEWIFE? AH'M WABBIT.

SO –  LOOK AT HIM – FLAT OOT ON HIS BED AT THIS HOUR. WHEN AH WIS HIS AGE, AH WIS UP EARLY AN' OOT PLAYIN' A' DAY ON A SETERDAY.

Z Z Z

 HERE, YOU. UP YE GET. AN' SEEIN' AS YE'VE HAD A GUID REST, YE CAN AWA' AN' MAK' MA DENNER.

PROD!

 WHAUR'S THE TAMATTY SAUCE? WULLIE, WHAUR DOES MA KEEP THE SALT?

ROLL ON MONDAY. MIND YOU, AH BETTER NO' MENTION ROLL, COS AH'M STILL STERVIN'.

RUMBLE!

D.

Puir Wullie's feelin' rotten –
his birthday's been forgotten!

Wull doesnae need a watch tae chime – he only needs tae ken the time!

WULLIE, ARE YOU STILL READIN' THAT COMIC? WE NEED TAE GO.

OCH, IS THAT THE TIME A'READY? I'D NAE IDEA.

WHIT'S THE TIME NOO, PA? ARE WE THERE YET?

OCH, IN A MINUTE.

IN A MINUTE? AH'VE NEVER BEEN IN A MINUTE, BUT NOO AH KEN WHIT TIME IT IS . . .

AYE, AN' WHIT'S THAT?

IT'S TIME AH GOT A WATCH O' MY AIN.

READY, GENTLEMEN? IT'S TEN POINT TWO FIVE SECONDS TO KICK-OFF.

THREE WATCHES FOR THE REF. AH HOPE THEY'RE SHOCKPROOF.

AYE. OOR FORM'S BEEN SHOCKIN'.

BUT–

GREAT WINNER IN THE LAST MINUTE O' EXTRA TIME. THE REF'S WATCHES WERE ON OOR SIDE.

AYE – YE'VE GOT TAE WATCH THAE WATCHES.

BUT YE'RE RICHT WULLIE – YE'RE AULD ENOUGH TAE HAE YER AIN WATCH.

BUT A' THE SHOPS ARE SHUT.

IT'S YER GRANDPA'S AULD WATCH – IT'S LUMINOUS.

LUMINOUS?

JINGS! IT'S NO' ONLY LUMINOUS, IT GLOWS IN THE DARK AN' A'.

GLOW!

BRAW. NOW IF THERE'S AN ECLIPSE, I'LL STILL BE ABLE TAE TELL WHIT TIME IT IS WHILE A'BODY ELSE IS IN THE DARK.

I'LL GET IN SOME PRACTICE FOR THE NEXT ECLIPSE. WE'RE BOUND TAE BE DUE WAN SOON.

AW, NO! THERE GOES MA WATCH. AN' MY NOSE, AN' WAN O' MY EEN.

ARE YE A' RICHT, WULLIE? APART FAE BEIN' AN EEJIT, THAT IS.

I CAN SEE IN THE DARK, BUT I CANNAE SEE WHAUR I'M GOIN'.

HUH. I CANNAE WATCH MY WATCH AN' AH'VE MISSED THE IT CROWD AGAIN.

HERE YE GO, WULLIE. THIS IS WAN WATCH THAT'LL NO' BREAK SO EASY, AN' IT DISNAE GLOW.

HELP MA BOAB! WHIT A SIZE O' A FACE.

AYE. IT'S A FOB WATCH. YER GREAT-GRANDPA'S.

NOO YE CANNAE FOB ME AFF BY NO' KENNIN' THE TIME.

AYE – AH'LL JUST HAE TAE FACE IT.

D.

You micht think ye're seein' double –
twa Fat Bobs are twice the trouble!

Seagulls cannae be that rare –
Wull's got thoosands goin' spare!

Whit on earth's the matter –
is Wullie scared o' watter?

The puzzle champ – is Wull, the scamp!

There's a lack o' skill –
frae 'apprentice' Wull!

PA'S GETTIN' A NEW WIDDEN GARAGE BUILT.

AH FANCY BEIN' A JINER WHEN AH'M A BIG LAD. AH WONDER IF HE NEEDS A HAUND.

CRIVVENS! THIS TOOL BELT'S RICHT HEAVY.

AH'M JIST LIKE BILLY THE KID WI' THIS LOT. GO F'R YER HAMMER, HARRY. AH'LL COUNT TAE THREE.

JINGS! WHAUR'S THE TRIGGER ON THIS THING? IT'S OOT O' CONTROL!

OOYAH! MA FIT!
CRUNCH!

YE HAE TAE BE RICHT CAREFU' WI' TOOLS, WULLIE. YE CAN SHOOT YERSEL' IN THE FIT WI' THEM. HA! HA!
LET ME SEE TAE IT.

HERE – TRY BANGIN' A PUCKLE NAILS IN THIS.
AH'LL NO' HURT MA FIT DAEIN' THAT.

KEEP YER EYE ON THE NAIL, AN' LET THE HAMMER DAE THE WORK.
THIS IS BRAW. AH'M A REAL APPRENTICE NOW.

AAAAAAH! MA FINGERS!
THUD!

SOON –
AH'M FEENISHED, WULLIE, BUT YE CAN PRACTISE ON THAE BITS THAT'RE LEFT OWER.

AH'LL MAK' YE A NEW KENNEL TAE MATCH THE NEW GARAGE, HARRY. YE'D LIKE THAT.
OH, AYE?

BUT –
AH'LL MIND AN' HAUD ON TAE THE PLANK THIS TIME, SO IT DOESNAE SPRING UP AN' HIT MA HEID AGAIN.

THEN –
SHAME ABOOT THE NAILS AH PIT THROUGH MA NAILS, BUT THIS IS LOOKIN' BRAW.
WATCH YE DINNAE STAND ON MA FEET, HARRY. AH'VE DRAPPED THE HAMMER ON BAITH O' THEM NOW.

FEENISHED. WHIT D'YE THINK, HARRY?

HELP MA BOAB! AH KEN YE'RE A DOG O' FEW WORDS, BUT THERE'S NAE NEED F'R THAT.

I DINNAE THINK JOINERY IS YER BEST PROSPECT, WULLIE. COME INSIDE WI' ME AN' I'LL JOIN UP YER BROKEN BITS.

MEBBE AH COULD BE A LUMBERJACK. MA'S GOT A BIG AXE SOMEWHAUR . . .
AYE, AN' IT'S GOIN' WHAUR HE CANNAE FIND IT.

D.

At sewin' Wullie thinks he's master – but cookin's mair o' a disaster!

JINGS! HOLES IN MA DUNGAREES! HOW DID THAT HAPPEN?

COOL, WILLIAM. THEY'RE JUST LIKE DESIGNER JEANS!

EH? WHIT ARE YE BLETHERIN' ABOOT, PRIMROSE?

THEY'RE TORN, THAT'S A'. I CAN FEEL THE CAULD AIR ON MA KNEES.

OH, WELL. TAKE THEM OFF, AND I'LL SEW THEM.

NAW. I CAN MANAGE MYSEL', THANK YOU.

NOT MANY MEN HAVE TALENTS LIKE THAT, WILLIAM.

THIS'LL BE EASY – IF I COULD JUST GET THE NEEDLE THREADED, THAT IS.

THAT'S BETTER. SEW FAR SEW GOOD!

I'LL NEVER LIVE IT DOON IF BOB OR SOAPY SEES ME!

YOU'RE SUCH A 'NEW MAN'. AND AS FOR THOSE KNEES . . .

PERFECT! BUT A' THAT SEWIN'S MADE ME HUNGRY.

MA'S OOT, SO I'LL NEED TAE MAK' SOMETHIN' MYSEL'.

THIS TIN O' MINCE WILL DAE.

JINGS! HOW DO YE OPEN THAE THINGS?

BY USING THE RING-PULL, EEJIT!

LATER –

HERE'S YOUR MOTHER'S GROCERIES.

OH, WILLIAM! YOU CAN COOK AS WELL. HOW WONDERFUL.

OF COURSE I CAN COOK. IT'S EASY. LOOK.

MY HERO.

THANKS FOR YIR HELP WI' MA BAGS, PRIMROSE.

OH, IT WAS NOTHING. GOODBYE, WILLIAM.

I GOT YE NEW DUNGAREES TAE REPLACE THE ONES THAT GOT RIPPED IN THE TUMBLE DRIER. WAIT A MINUTE. WHIT'S THIS MESS?

OH, IT'S. . .

CRIVVENS! SOME EEJIT'S PIT DOG FOOD IN THIS PAN! THAT'LL BE YER PA. HE'S CLUELESS AROUND THE KITCHEN.

THAT'S TERRIBLE, MA. I'M AWA' OOT.

NEXT TIME, AH'LL LEAVE THE COOKIN' AND THE SEWIN' TAE THE WOMENFOWK. I KEN MY PLACE!

Ye've got to raise a cheer –
for Auchenshoogle's musketeer!

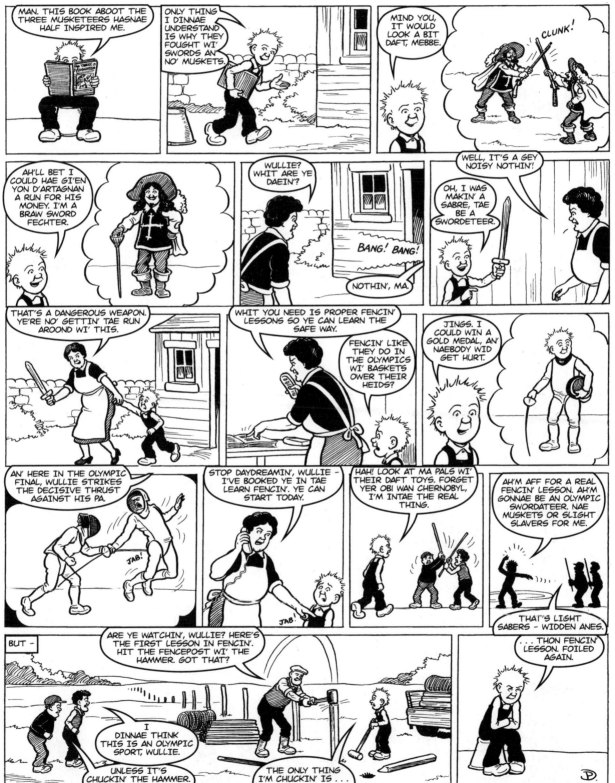

Wull cannae find a book –
that's worth a second look!

It's sure tae mak' oor lad despair –

he cannae tell wha' comes frae where!

A brolly is a handy thing –

when forced tae face the showers o' spring!

Painter Wull micht look the part –
but is he ony guid at art?

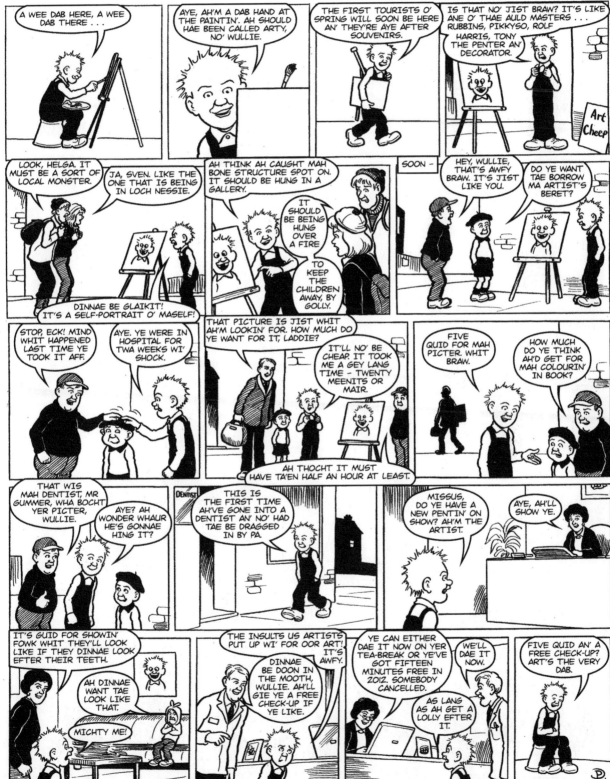

Ye cannae detract –
frae this balancin' act!

Jeemy hasnae much tae say –
aboot the pet that's come tae stay!

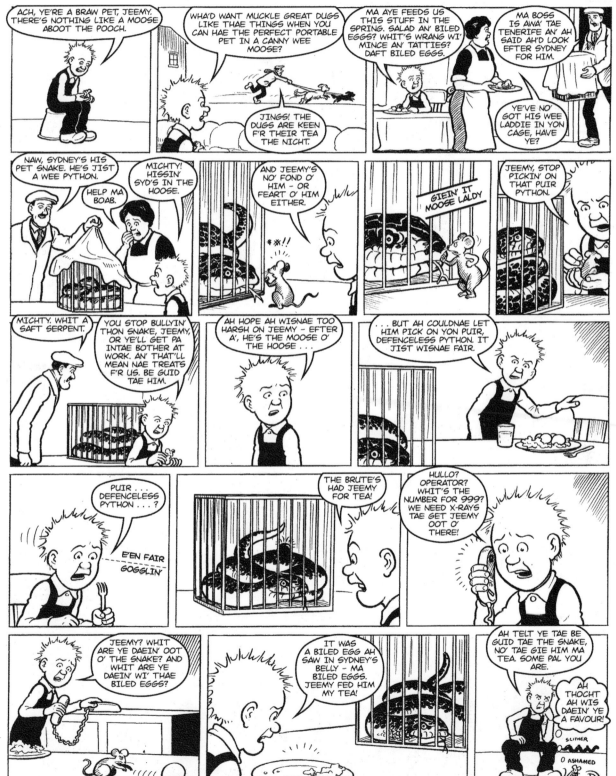

When it comes tae savin' whales –
Wull's the lad wha never fails!

Wullie has tae use his brains –
tae save himsel' frae aches an' pains!

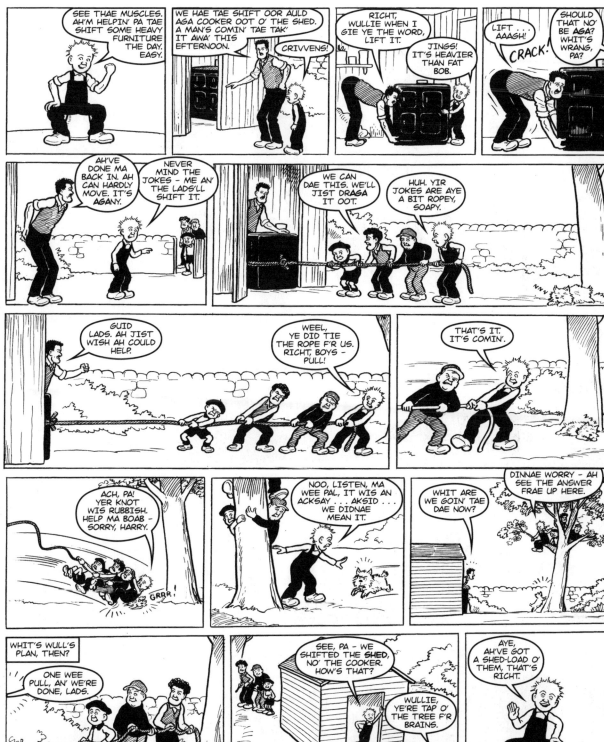

Guess wha gets ratty –
when servin' up latte!

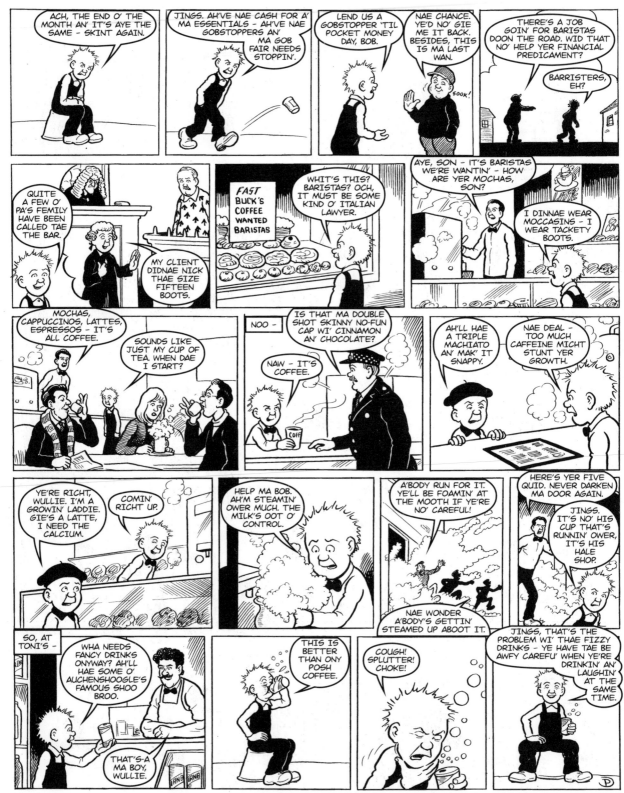

Wi' nae stove an' nae heat –
how are ye supposed tae eat?

BRAW WEATHER THE DAY. ME AN' THE LADS ARE AFF CAMPIN'.

CAMPIN'? NO' F'R ME. IT'S CAULD, WET AN' UNCOMFORTABLE.

WHAUR'S YER SENSE O' ADVENTURE, BOB?

CAMPIN'S WHIT REAL MEN DAE. WE'LL DIVIDE A' THE STUFF WE'LL HAE TAE LUG WI' US.

BETTER TAK' SOME GRUB. AH'LL BE FAMISHED EFTER HUMPIN' A' THAT GEAR ABOOT.

WHIT ABOOT YOUR SHARE O' THE GEAR, BOB?

AH'VE NAE ROOM. MA BAG'S FU' O' FOOD.

WE'RE ONLY GAEN F'R ONE NICHT. YE'VE ENOUGH IN HERE TAE FEED A REGIMENT.

GOING CAMPING, BOYS? THAT WILL BE FUN. CAN I COME?

LASSIES? CAMPIN'? IT'S FAR OWER ROUGH F'R WIMMIN, PRIMROSE. YE WIDNAE LAST A MEENIT.

WHAT NONSENSE. WELL, WE'LL SEE ABOUT THAT.

AND SO –

IS THIS NO' BRAW? WHIT D'YE SAY, BOB?

AH SAY IT'S ABOOT DENNER TIME.

AH'LL GET THE TENT UP. YOU TWA GET OOT THE STOVE.

THE STOVE! I KENT AH'D FORGOTTEN SOMETHIN'.

WHIT? HOW WILL AH COOK MA FOOD, YE EEJIT?

A CAMP FIRE'S THE ANSWER, BUT AH FORGOT MATCHES TAE.

AH'VE GOT SOMETHIN' HERE.

WHIT'S THAT?

A MOBILE. AH'M PHONIN' F'R A TAXI TAE DRAP ME AFF AT THE CHIP SHOP.

THERE'S NAE SIGNAL. AH'M STUCK FOR THE NICHT. WHIT ELSE CAN GO WRONG?

JIST THIS. WE'VE NAE TORCH . . . AN' IT'S GETTIN' DARK!

JINGS! WHIT'S THAT? THUNDER?

NO, YE EEJIT. IT'S MA STOMACH TELLIN' ME IT'S EMPTY.

RUMBLE!

NEXT MORNING –

HELLO, MEN. WE GIRLS THOUGHT WE'D JOIN YOU TO SEE IF CAMPING'S A MAN'S LIFE AFTER ALL. IT'S QUITE FUN, REALLY.

WELL, ACTUALLY, PRIMROSE, WE HAVE A WEE PROBLEM.

WELL, WE COULD LET YOU USE OUR BARBECUE, ON ONE CONDITION.

WHIT'S THAT, SAUSAGE . . . I MEAN, PRIMROSE?

AND SO –

MORE TEA, LADIES, OR ANITHER SAUSAGE?

NOT HUNGRY, WILLIAM? OR ARE YOU TOO FULL OF HUMBLE PIE?

HUH! I HAD TAE ADMIT THAT THE LASSIES ARE BETTER CAMPERS THAN US LADDIES. THE SHAME O' IT!

P.

Best watch oot for dirty tricks –
when Wullie enters politics!

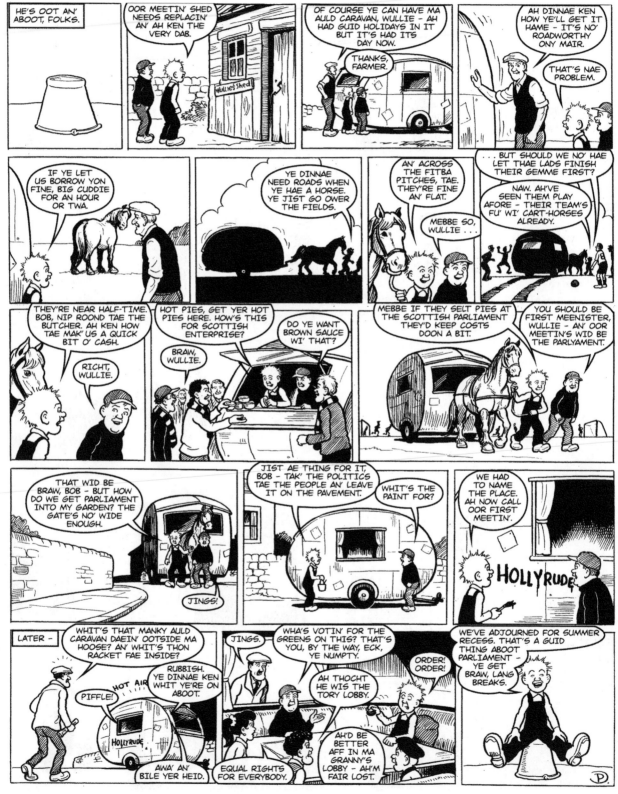

Wullie's locks could face the chop – at Mister Sweeney's barbershop!

Wull really looks smart in –
the McWullie tartan!

Bob doesnae feel like cheerin'– aboot some mountaineerin'!

AH'VE BEEN SITTIN' ABOOT OWER MUCH LATELY. AH NEED TAE DAE SOMETHIN'.

HOW DAE YE FANCY GOIN' CLIMBIN'?

AH'M UP F'R IT.

ME TAE.

YE'LL HAE TAE GET RID O' THAT AFORE WE GO, BOB. YE NEED TAE BE FIT.

OCH, IT'S JIST MA THICK JUMPER.

LET'S SAY THE DAY EFTER THE MORN. AN' YE BETTER GET IN AS MUCH TRAININ' AS YE CAN AFORE THEN. I HOPE YE'VE GOT A HEID F'R HEIGHTS.

AYE, AYE, WE'LL BE OKAY.

AND SO –

KEEP GOING, ROBERT. YOU CAN DO IT.

WULLIE'S RICHT. YE NEED TAE BE FIT TAE TACKLE THE MOUNTAINS.

PECH!

IT'S MOUNTAINS O' GRUB AH'M NEEDIN'. AH'M WEAK WI' HUNGER.

FISH AND CHIPS

NONSENSE. HAVE SOME WILL POWER, ROBERT.

MY FATHER'S A BIT OF AN ALPINIST. THERE'S SOME OF HIS OLD EQUIPMENT IN HERE.

JINGS! WHIT'S SHE ON ABOOT?

CLIMBING GEAR. BOOTS, CRAMPONS, ROPES . . .

CRIVVENS! WHIT A LOT O' STUFF YE NEED TAE CARRY.

OH, ROBERT. YOU REALLY LOOK THE PART NOW.

HA! HA! HA!

GIE'S A YODEL, BOB.

ON THE BIG DAY –

I HOPE MA PALS HAVE BEEN TRAININ'. YE NEED TAE BE FIT WHEN YE GET GRIPPED WI' THE VERTICALITY.

HERE WE ARE, WULLIE. A' FIT AN' READY TAE GO.

HELP MA BOAB! WHIT'S A' THE GEAR F'R?

MOUNTAIN CLIMBING, OF COURSE.

BUT WE'RE NO' GOIN' NEAR ONY MOUNTAINS. WE'RE HAEIN' A DAY CLIMBIN' TREES.

WHIT?

THAT'S WHY YE NEED TAE HAE A HEID F'R HEIGHTS. SOME O' THAE TREES ARE AWFY BIG.

TREES? TREES?

AH'LL GIE YE TREES. AH DIDNAE GET DRESSED UP LIKE THIS TAE CLIMB A COUPLE O' TREES.

AN' WE'VE TRAINED F'R HOURS.

HAUD ON. ONYBODY CAN MAK' A MISTAKE.

HE'S GUID, I'LL GIE HIM THAT. THAT WIS THE QUICKEST ASCENT AH'VE SEEN F'R YEARS. CHRIS BONINGTON O' THE WOODS, THAT'S WULLIE.

CALM DOON, LADS.

HE'S STILL UP THE TREE!

Listen tae oor lad complain – an' a' because it's come on rain!

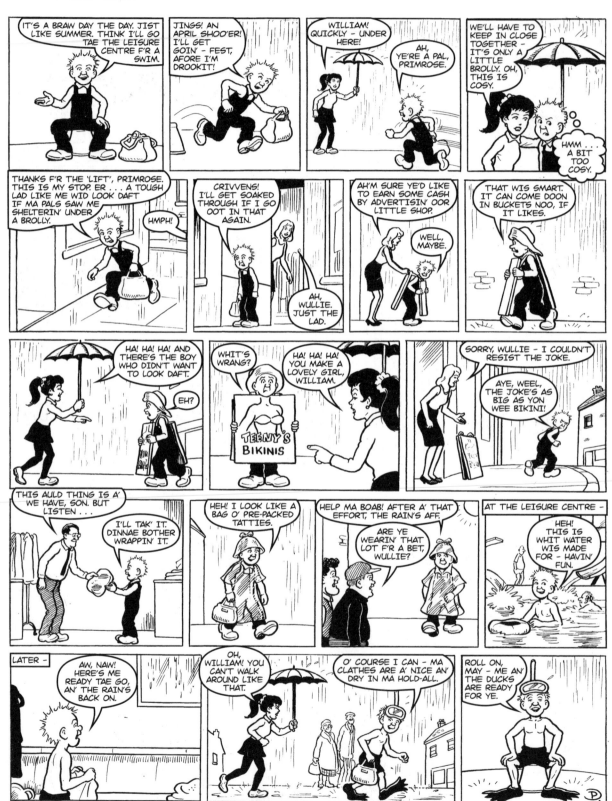

Looks like Wullie's wishin' –
that he had stuck tae fishin'!

Wearin' shades looks funny –
when it isnae even sunny!

How can one wee pet –
cause so much upset?

Read the news frae Auchenshoogle –
printed in the 'Shoogle Bugle'!

THE SUNDAY POST'S GREAT! BRAW STORIES AN' GREAT SPORT.

WHIT WE NEED IS OOR AIN PAPER!

WHY? THERE'S NAE TOILET IN THE CARAVAN.

NEWSPAPER, YE EEJIT. THAT WAY FOWK WILL TAK' US SERIOUSLY.

HOW ABOOT WE PRINT A NEWS-SHEET? WE COULD CA' IT THE AUCHENSHOOGLE BUGLE.

GUID IDEA, WULLIE.

I'LL BIDE HERE AN' BE THE EDITOR WHILE YOU LADS GO OOT AN' BE REPORTERS. BOB CAN COVER FOOD, SOAPY SPORT AN' ECK . . .

WHAT ABOUT ME, WILLIAM?

YOU CAN COVER WIFIES' ISSUES, PRIMROSE. LIKE WASHIN' AN' HOOVERIN'.

SOMETIMES YOU ARE SO CHAUVINISTIC, WILLIAM.

I'LL DAE A' THE HEADLINES AN' A' THE NEWS REPORTS ON MA TRUSTY AULD TYPEWRITER.

LATER –

WHIT'S THIS, PRIMROSE? SURELY THAT'S NO' A' ABOOT WEEMEN'S ISSUES?

THERE'S MORE TO WOMEN THAN HOUSEWORK, WILLIAM. BUSINESS, POLITICS, EQUALITY, FASHION. YOU NEED TO RAISE YOUR SIGHTS.

HAUD ON, PRIMROSE. A' YER WORK'LL NO' GO TAE WASTE.

SEE? I'VE RAISED MA SIGHTS NOW! HA! HA!

YOU REALLY ARE AN UNGRATEFUL BRUTE, WILLIAM. I RESIGN!

AT THE PRINTERS . . .

WE'LL PAY YE WHEN WE SELL OOT, MR CAXTON.

WHITEVER YE SAY, WULLIE.

PRINT

READ A' ABOOT IT! PRICE O' MINCE SET TAE SOAR! GET YER 'SHOOGLE BUGLE HERE!

SHOOGLE BUGLE HERE

THIS IS MY PITCH, SHORTY, SO SHOOGLE AFF SHARPISH.

WHIT'S THE BIG ISSUE?

THIS IS PERSECUTION O' THE PRESS. IT'LL MAK' HEADLINES IN THE NEXT EDITION.

AH CANNAE WAIT.

AH HAVENAE SOLD A SINGLE COPY. DOESNAE LOOK LIKE THERE'S ROOM F'R A QUALITY PAPER IN AUCHENSHOOGLE.

I'LL HAE THEM A', LADDIE.

NOW AWA' YE GO WHILE I HAE FORTY WINKS.

HA! HA! YOUR NEWSPAPER'S GOT BLANKET COVERAGE, WILLIAM!

HUH! THINK I'LL STICK TAE THE POST!

Best no' tae confess –
aboot what's in the press!

A'BODY'S AWA' ON HOLIDAY THIS WEEK. IT'S GEY QUIET.

WHIT'S UP, WULLIE? YE'VE GOT A FACE LIKE A SKELPED BAHOOKIE.

A'BODY'S AWA' – EVEN PRIMROSE – SO WIR MEETIN'S ARE IN ANE O' THAE RECESS THINGS.

IN RECESS, EH? I'LL SHOW YE WHIT'S IN RECESS. YE'LL NO' BE BORED, I PROMISE YE.

YE CAN CLEAN A' THE JUNK' OOT O' THIS RECESS, MY BONNIE LADDIE.

THE CUPBOARD, YE MEAN.

PA'S GOT TAE CLEAR HIS CUPBOARD AN' A' – MA'S LAYIN' THE LAW DOON AN' WE'RE NO' GETTIN' A VOTE ON IT.

IT'S NO' THAT AH'VE GOT OWER MUCH STUFF, IT'S THAT MAH PRESS IS TOO WEE.

A WEE BIT O' DIY WILL HELP THAT.

MICHTY! WHIT BRAW! THERE'S HUNNERS O' SPACE IN THE WA'. JINGS.

AH CAN FIT A'THING IN HERE NOW.

EVEN THE STUFF FAE UNDER MAH BED. WEEL, APART FAE THIS AULD CHEESE TOASTIE.

NO' BAD EH, MA?

WULLIE, I'D NEVER HAE THOUGHT YE COULD DAE IT – THE ROOM'S SPOTLESS.

YE'RE A GOOD LADDIE, MA WEE DARLIN'.

THANKS, MA – YE'RE NO' BAD EITHER.

PA, I HOPE YE'VE BEEN AS GOOD AS WULLIE AT TIDYIN' YER CUPBOARD.

MA, IT'S A WORK O' ART.

TOTALLY SPOTLESS. LOOK.

SPOTLESS?

JINGS!

AW, CRIVVENS! AH MUST HAE JIST KNOCKED THROUGH INTO PA'S PRESS.

MAH BONNIE CUPBOARD.

YE SNEAKY WEE SCUNNER.

WEE RASCAL!

THIS IS LIKE YON LION, THE WITCH AN' THE WARDROBE ONLY IT'S PA, MA AN' THE CUPBOARD.

A'BODY'S GOT SECRETS IN THEIR CUPBOARDS, EH, FOLKS? BEST JIST NO' OPEN THEM.

P.

The 't-time' Primrose has in mind –
is mebbe no' oor laddie's kind.

I'M FAIR INTAE POP MUSIC THESE DAYS.

I'M AFF TAE T IN THE PARK IN THREE WEEKS. BOB'S GETTIN' US TICKETS.

BUT –

BAD NEWS, LADS. MY AUNTIE SELLT THE TICKETS TAE HER PALS.

WHIT!

THAT'S TYPICAL O' A WUMMAN. I'LL NEVER SPEAK TAE ANE AGAIN. EVER!

WHACK!

AN' THAT MEANS YOU AN' A', PRIMROSE.

BUT, WILLIAM. I WAS GOING TO ASK IF YOU WANTED TO COME TO T IN THE PARK.

IT'S THIS AFTERNOON AND I'VE SEVERAL TICKETS. YOU CAN ALL COME.

THIS EFTERNOON? JINGS! IT MUST HAE BEEN SHIFTED.

THAT'S AWFY KIND O' YE, PRIMROSE. I – ER – WONDER IF YE WID DAE ME ANITHER FAVOUR.

OF COURSE, WILLIAM.

I WANT A WEE CHANGE O' IMAGE.

THIS EXTRA-STRONG MOUSSE SHOULD DO THE TRICK.

MOOSE? JINGS! AH HOPE IT'S NO' JEEMIE.

THERE. WHAT DO YOU THINK?

PERFECT.

AT HAME –

PA'S BIG BOOTS . . .

. . . AN' SUN SHADES. COOL WULLIE'S A' READY TAE GO.

A'VE GOT MA AIN TEA BAG AN' A'. THEY MUST DRINK GALLONS O' THE STUFF AT KINROSS.

OH, WHAT'S IN THE BAG, WILLIAM?

IT'S NO' REALLY TEA. IT'S MA SPECIAL WEE KERRY-OOT.

IT'S SOME LEMONADE AN' A COUPLE O' SCONES. BUT DINNAE TELL BOB OR HE'LL EAT THEM A' AFORE WE GET THERE.

BUT YOU WON'T NEED THAT, WILLIAM. WE'VE GOT LOTS OF FOOD.

HELP MA BOAB!

TUCK IN, BOYS.

THIS BEATS POP MUSIC ONY DAY.

ACH, YE HAE TAE LAUGH. AN' I DIDNAE THINK MUCH O' YON NEW HAIRSTYLE ONYWAY.

The five-a-sides are on the day –
but naebody is fit tae play!

Strugglin' doon the road –
wi' a bottle overload!

A giant-sized umbrella –
for an image-conscious fella!

AH'M AWA' TAE THE BEACH WI' PRIMROSE THE DAY.

YOU SHOULD GET A HAT LIKE MINE TO KEEP THE SUN OFF, WILLIAM.

OCH, THAT ANE'S AWFY GIRLIE, PRIMROSE. AH NEED A MAN'S HAT.

A BUSHMAN'S HAT? VERY TRENDY, WILLIAM.

AH FEEL LIKE CROCODILE DUNDEE.

YOU'LL NEED MORE THAN A HAT TO PROTECT YOU FROM GETTING SUNBURNT.

WHIT DAE YE MEAN? DAE AH NEED A SOMBRERO?

NO, JUST SOME SUN BLOCK. YOU HAVE TO RUB IT ALL OVER.

JINGS!

AH LOOK LIKE A WHITE PUDDIN' AFORE IT GOES INTAE TONI'S DEEP FAT FRYER.

STOP COMPLAINING.

HELP MA BOAB! WHIT WIS THAT?

VROOOOM!

ONY ITHER BRICHT IDEAS, PRIMROSE?

YES. I'LL CALL YOU SANDY FROM NOW ON. HA! HA!

NOW YOU'RE WASHING ALL THE CREAM OFF.

WEEL, AH CANNAE GO ROOND A' DAY COVERED WI' SAND, C'N AH?

YOU COULD ALWAYS USE A PARASOL.

AYE. AH'D LOOK A RICHT JESSIE CARRYIN' ANE O' THAE WEE BROLLIES.

THAT'S A BIT OVER THE TOP, WILLIAM.

IT'S OWER THE TOP PROTECTION I NEED. I BORROWED IT FRAE THE BEACH CAFE.

WELL, IT'S EFFECTIVE, I'LL GIVE YOU THAT.

IT'S NO' BAD.

BUT IF AH LET IT CATCH THE WIND, IT'S FAR BETTER. LOOK AT US GO.

WILLIAM, BE CAREFUL.

MICHTY! AH'M TAKIN' AFF!

WILLIAM. COME BACK.

WHIT GOES UP MUST COME DOON!

COME OVER HERE. I CAN'T PADDLE THIS THING ON MY OWN.

AH'M TRYIN' BUT THE TIDE'S PULLIN' ME BACK. WE'LL HAE TAE WAIT F'R RESCUE.

WE BAITH GOT TANS EFTER A'. PRIMROSE IS LIKE A LOBSTER – WEEL, MAIR A CRAB, BUT DINNAE TELL HER AH SAID THAT.

It's harder than Wull thinks –
on the Auchenshoogle links!

Wullie's in an awfy rage –
when savin' Scotland's heritage!

The lads are sure tae love –
the lecture frae Miss Dove!

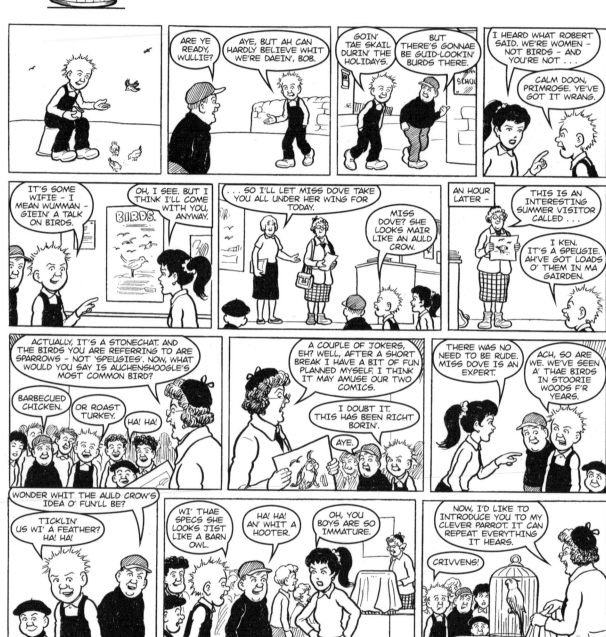

Even on the beach –
Wull's bucket's within reach!

HI, FOLKS. DO YE NO' LOVE THIS GLOBAL WARMIN'?

C'MON, WULLIE. IT'S TIME TAE GO.
GREAT. WE'RE AFF TAE THE SEASIDE.

SWIMMING TRUNKS, SUN-HAT, FLIPPERS . . .

MY BUCKET MAK'S A BRAW HOLDALL. NOW TAE GET TAE WORK.

THIS IS BETTER THAN THAE WEE SEASIDE BUCKETS.

I'LL HAE MA CASTLE BUILT IN NAE TIME.
MICHTY!

NOW F'R A WEE MOAT TAE ADD THE FINAL TOUCH.

HOW'S THAT, PA?
IT'S BRAW, WULLIE. WEEL DONE.

BUT SHOULD YE NO' BE WEARIN' A HAT?
OCH, THE SUN DOESNAE BOTHER ME!

IT'S NO' THE SUN I'M WORRIED ABOOT.
IT'S THE SEAGULLS. JINGS!
SPLOTT!!

HERE'S SOME TOILET PAPER.
WHIT GOOD IS THAT, MA?

THE GULL'S MILES AWA' NOW. AH COULDNAE POSSIBLY WIPE ITS B. . . .
WHEESHT, LADDIE. I MEANT . . . WEEL, NEVER MIND.

DINNAE WORRY. MA BUCKET'LL COME TAE THE RESCUE AGAIN.

IT GETS RID O' THE BIRDIE SHAM'POO', AN' COOLS ME DOON AT THE SAME TIME.

HEH! YE'LL NO' CATCH ME OOT AGAIN, BIRDIE.

BACK AT THE CAR –
AYE, A BUCKET'S USEFUL F'R A' SORTS.

ER, WULLIE. AH NEED A COMFORT BREAK. COULD I HAE A WEE SHOT O' YER . . .?
PA! YE'LL DAE NAE SUCH THING!

HE WIS ONLY JOKIN'. MA BUCKET MICHT HAE LOTS O' USES, BUT YE'VE GOT TAE DRAW THE LINE SOMEWHERE!

Wullie's pedalling like the bells – cyclin' in the Campsie Fells!

Bein' wee micht no' be funny –
but bein' big can cost mair money!

Wullie an' Pa hae a bash –
at earnin' a wee bitty cash!

Wull kens whit tae choose –
when pickin' new shoes!

Is Harry jist the dug –
tae chase awa' the speug?

Laughter's what can help the most –
it says so in The Sunday Post!

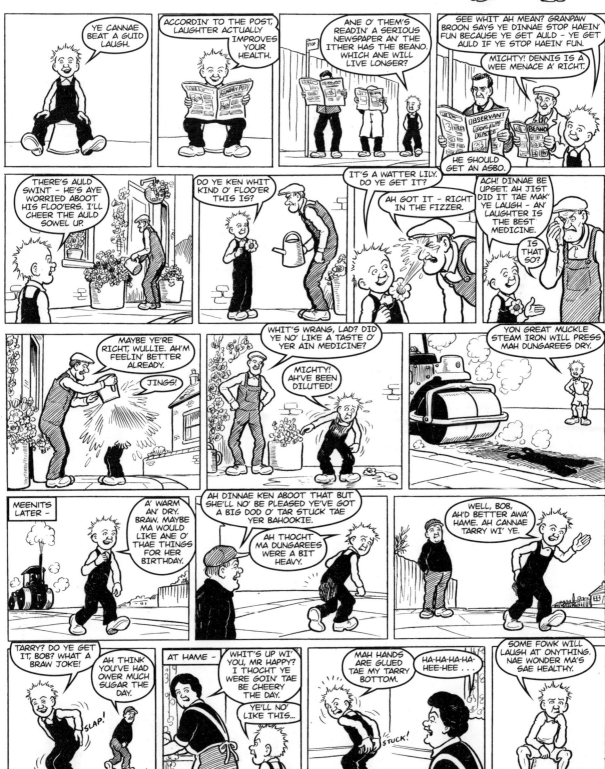

The cabinet affairs are solved –
when sneaky lassies get involved!

Scotsmen ken what fashions rule –
what's super smert an' ultra cool!

 PHEW! IT'S HOTTER THAN A VINDALOO THE DAY. IT'S NEARLY ENOUGH TAE MAK' A LADDIE THINK' ABOOT WEARIN' SHORTS.

 THAT'S WHY YOU NEED SOME TRENDIER GEAR, WILLIAM. EH? DINNAE BLETHER, PRIMROSE.

 I'M NOT BLETHERING, WILLIAM. SOME RETAIL THERAPY WILL DO YOU GOOD. WHA'S NEXT. I'M NO' GOIN' IN THERE. I'M OOR WULLIE, NO OORMANNY.

 I'LL PICK YOU OUT SOMETHING COOL. JINGS. THESE 'COOL' PRICES ARE MAKIN' ME HOTTER THAN EVER.

 TRY THESE ON FOR STARTERS. I THINK YOU'LL BE PLEASANTLY SURPRISED. YOU'RE A HARD WOMAN, PRIMROSE PATERSON.

 IN THE NAME O' THE WEE MAN. WHIT A SICHT! I CANNAE GO OOT IN PUBLIC LIKE THIS. LET ME SEE. LET ME SEE.

 OH, WILLIAM. YOU LOOK SPLENDID. STUPID, MAIR LIKE.

 SOME COOL HIGHLIGHTS WOULD JUST FINISH OFF THE LOOK. AWA'! WHIT WID MA PALS SAY IF THEY SAW ME LIKE THIS? RUFFLE!

 THEY'D TELL YE TAE COVER THAE AWFY KNEES. DO YE NO' KEN THAT DUNGAREES ARE THE IN THING THIS YEAR? BOB! YOU'VE SAVED MA LIFE.

 I'LL NEVER EVER SPEAK TO YOU AGAIN. YOU ARE SO UN-COOL. OCH, PLEASE YERSEL'. I KEN OTHER WAYS TAE BE COOL.

 WHA'S NEXT? US!

 ANE O' TONI'S NINTY-NINES IS A HUNNER TIMES BETTER AT KEEPIN' YE COOL.

 AN' WHEN IT GETS REALLY HOT . . .

 . . . THIS HAT PA BROUGHT BACK FAE THE FITBA' IN SPAIN IS AS COOL' AS IT GETS.

 MAYBE IT'S TOO COOL. STOP PINCHIN' MY SHADE. AWA' AN' GET YER AIN HATS.

 AND, OF COURSE, SCOTSMEN HAE THE PERFECT ANSWER TAE COOLIN' AFF.

 THE TARTAN ARMY OUTFIT. HOW COOL IS THAT? OH, WILLIAM. I DO LIKE A MAN IN A KILT. I THOCHT YE SAID YE'D NEVER SPEAK TAE ME AGAIN.

 AYE, WHEN IT COMES TAE COOL, SCOTS RULE!

Wull's money-makin' enterprises – often lead tae big surprises!

Pa's given up smokin' –
or is he jist jokin'?

AYE, ACCORDIN' TAE THE PAPER, A'BODY SEEMS TAE HAE A SMOKIN' BAN NOW. EVEN MA!

WEEL DONE, PA. OOT WI' YER PIPES AN' BACCY EFTER A' THAE SMELLY YEARS . . .

I HAE MA AIN SUSPICIONS.

I ACTUALLY GAVE UP THE PIPES YEARS AGO, BUT DINNAE TELL YER MA, WULLIE.

I'M JUST AWA' IN HERE TAE TELL THE TOBACCONIST I'VE GI'EN UP.

AYE, NAE SMOKE WITHOOT FIRE.

FOLK WILL CERTAINLY BE HEALTHIER SPENDIN' MAIR TIME OOTSIDE . . .

. . . EXCEPT IT'S JUST THE REGULARS BRINGIN' THEIR SMOKE OOT TAE US . . . CHOKE . . .

ANOTHER THING THE SMOKIN' BAN DOESNAE APPLY TAE . . .

. . . GRANPAW BROON'S MOTORBIKE. COUGH.

BAN OR NAE BAN I'M CERTAINLY NO' STOPPIN' MY SMOKIES.

SMOKY BACON CRISPS, THAT IS. AN' YE GET MAIR THAN TWENTY IN YER PACKET.

AN' GENUINE SMOKIES FAE ARBROATH. MMM! JUST SMELL THAT.

YER MA'LL SERVE THEM UP FOR TEA, THE NICHT.

THIS IS FAT BOB'S PLACE. HIS GARDEN HASNAE BEEN INVADED BY RENEGADE SMOKERS, HAS IT?

MICHTY, BOB. WHIT ARE YE BURNIN' ON THE CAMPFIRE THE NICHT? AULD DOG ENDS?

AH MAYBE SHOULD. THE BINS ARE FULL O' THEM.

THAT MICHT BE TRUE FOR SOME PLACES BUT I'VE COME ACROSS PLENTY THE DAY.

SCOTLAND SMOKE FREE

AYE, WEEL. TIME FOR ME TAE GANG HAME FOR MA ARBROATH SMOKIES.

I HOPE WE'RE NO' HAEIN' A FLY SMOKE IN THERE, PA. IT SMELLS LIKE IT TAE ME.

NO, NO. IT'S JUST SOME REEK FAE BOB'S GARDEN FIRE DRIFTIN' IN THE WINDAE. SPLUTTER.

MAYBE IT'S A' A BIT O' A SMOKESCREEN. YE CANNAE TELL IF THE BAN'S WORKIN' FOR A' THE SMOKE AN' HOT AIR.

Puir Bob comes a cropper –

when Wull hooks a whopper!

The Wull an' Primrose double act –
is awfy guid, an' that's a fact!

This chip shot treat –
is hard tae beat!

Wullie's sure tae cringe –

at the Auchenshoogle Fringe!

WELL, THAT'S THE EDINBURGH FESTIVAL OWER FOR ANITHER YEAR. AN' IT'S GI'EN ME A THOCHT.

HI, A'BODY. I'VE HAD A BRAW IDEA . . .

I BET IT'S NO' SAE BRAW FOR US!

AH'LL IGNORE THAT. WE'RE GONNAE HAE OOR AIN FESTIVAL – THE AUCHENSHOOGLE FRINGE!

EH? AH THOCHT A FRINGE WAS A HAIRCUT.

OCH, YE LOT HAE NAE CULCHUR. AH'M GONNAE PUT ON A PLAY. IT'S CA'ED STREET THEATRE.

WONDERFUL. WHAT'S THE PLAY?

THE BROONS! IT'S A STORY O' ORDINARY FOWK. AH'LL BE PAW, OF COORSE.

AND I'M MAW! OH, WILLIAM. WE'RE A COUPLE.

SOAPY CAN BE HEN, AND YOU CAN BE DAPHNE, BOB. YE'RE THE RICHT SHAPE.

CHEEK. AH DINNAE WANT TAE BE A LASSIE.

NONSENSE, ROBERT. YOU LOOK LOVELY. THIS COLOUR SUITS YOU.

THANKS . . . AH THINK.

AN' AH'M THE TWINS – BAITH O' THEM. MA BRITHER DISNAE SAY MUCH, THOUGH.

AND SO –

WE'RE THE BROONS FRAE NUMBER TEN, AND SOMETIMES FRAE THE BUT 'N' BEN.

THE BROONS SHOW

THAT'S ME HAME FRAE WORK, MAW.

OH, IT'S GUID TAE SEE YE, PAW – MA WEE DARLIN'.

MICHTY! DINNAE SUFFOCATE ME, PRIMROSE . . . AH MEAN, MAW.

HA! HA! HA!

THAT KISS WISNAE IN THE SCRIPT.

WASN'T IT? OH, DEAR.

LOOK. HERE COME OUR OTHER CHILDREN – MAGGIE AND JOE.

WHIT? THAT'S NO' IN THE SCRIPT, EITHER. THEY'RE NO' EVEN IN OOR PLAY.

DAE YE HAE COPYRIGHT CLEARANCE FOR THIS?

YE'LL BE PAW, I TAK' IT.

JINGS! IT'S THE REAL BROONS!

OOR FRINGE WAS A BIT O' A FARCE – BUT OOR PUBLIC LIKED IT. WE'RE THINKIN' O' TAKIN' IT TAE EDINBURGH NEXT YEAR.

They cannae play the game –
wi'oot a proper name!

Wull tidy an' clean –
is a sight tae be seen!

Wullie doesnae look himsel' –
but that means a'thin's goin' well!

A'body is fair impressed –
when 'Shoogle's law's pit tae the test!

Wullie is the perfect chap –
tae show fowk how tae bridge a gap!

Oor laddie thinks he's found –
the perfect Scottish sound!

Wull cannae conform –
tae the new uniform!

Wha'll get the blame –
when they a' look the same?

The opposition tak's offence –
at Wullie's last line o' defence!

Oor laddie gets a hefty crop –
wi'oot goin' tae the barber's shop!

The fisher-lad's trawlin' –
for things that are crawlin'!

Wullie's heavy rockin' –
is somethin' truly shockin'!

The lads are oot tae plunder –
a ripe an' rosy wonder!

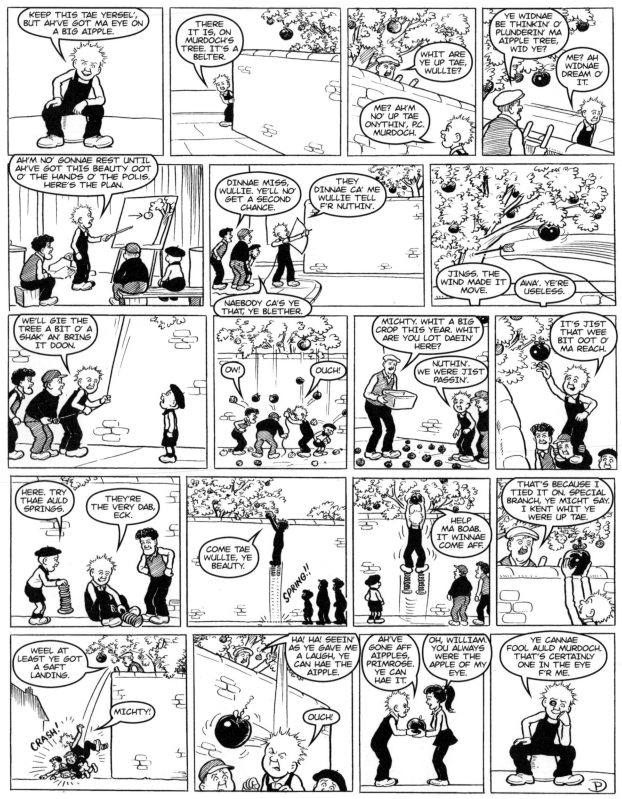

Wha dae ye suppose –
hits Wullie on the nose?

I'VE GOT A WEE PROBLEM THE DAY.

HELLO, WILLIAM. ARE YOU PLEASED TO SEE ME? ISN'T IT A LOVELY DAY?

IS IT? NO' FAE WHAUR I'M STANDIN'.

AN' WHIT'S SO LOVELY ABOOT THE DAY ONYWAY?

OH, DID MR GRUMPY GET OUT OF THE WRONG SIDE OF BED THIS MORNING?

ACTUALLY, THERE'S SOMETHIN' I HAE TAE TELL YE. I CANNAE BE SEEN WI' YE ONYMAIR. MY PALS ARE CALLIN' ME SAFT.

WHAT?

THEY'RE JUST JEALOUS BECAUSE THEY DON'T HAVE A GIRLFRIEND. COME AWAY NOW.

PUT ME DOON, PRIMROSE. I'M BEIN' DEAD SERIOUS.

OOH! AAH! STOP YER TICKLIN', PRIMROSE. PLAY FAIR!

SILLY BOY. WHAT'S WRONG WITH YOU TODAY?

TICKLE

IT'S NAE GUID. I WAS TRYIN' NO' TAE HURT YER FEELIN'S, BUT I CANNAE TELL YE A LIE.

WHAT NOW? OUT WITH IT.

WELL, A MAN REACHES A STAGE IN LIFE WHEN HE'S TOO AULD FOR ROMANCE AN' THE WEEMIN.

PARDON?

YE WEE BLETHER, WULLIE. YE'RE NEVER OWER AULD FOR THE LASSIES.

YE'RE RICHT THERE, GRANPAW BROON.

AW, JINGS. THANKS A BUNDLE.

... I'VE JOINED THE REGIMENT OF SCOTLAND AN' I'M AWA' SODJERIN' IN YERGRANNIESTAN NEXT WEEK.

YOU? A SOLDIER?

YOU COULDN'T FIGHT A COLD.

WHIT? I'M A FIGHTIN' SCOT I'LL HAVE YE KEN. WE'RE FEARED THE WORLD OWER.

AN' IF YE WERENAE A LASSIE I'D HAE WORDS WI' YE ABOOT THAT REMARK.

DON'T LET ME BEING A GIRL STOP YOU.

WE CAN LOOK AFTER OURSELVES – SEE?

JINGS.

MEN! I'LL NEVER UNDERSTAND THEM! GOOD RIDDANCE.

PERFECT!

YE WERE HARSH WI' PRIMROSE THERE, WULLIE.

AYE, YE SEE, IT'S HER BIRTHDAY AN' I'VE NAE MONEY TAE BUY A PRESENT SO I HAD TAE ARRANGE A WEE FIGHT.

GENIUS, WULLIE.

AYE, GENIUS ... SO HOW COME I FEEL SAE ROTTEN NOW?

WHIT A SCUNNER.

MA, ONY CHANCE O' YE LENDIN' ME A FEW QUID? IT'S PRIMROSE'S BIRTHDAY, YE SEE, AN', WEEL, YE KEN HOW IT IS ...

HERE YE ARE, PRIMROSE. HAPPY BIRTHDAY AN' A' THAT.

I KNEW YOU WERE JUST PLAYING AT BEING MEAN, WILLIAM.

ACH, I KEN – I'M JIST A SENTIMENTAL AULD FOOL.

Ye need a place that's fittin' –
for parliamentary sittin'!

Wullie's diet's great –
for puttin' on some weight!

AH'M STARVIN'. I COULD EAT A SCABBY HORSE.

IT'S TWA HOURS 'TIL DENNER TIME, SO I'LL GO FOR A WEE SPIN ON MA BIKE TAE TAK' MY MIND AFF FOOD.

HOW DAE YE MANAGE TO KEEP SO SLIM, WULLIE?

IT'S A' ABOOT DIET, TAM.

WULLIE, AS YE'RE OOT ON YER BIKE, WID YE MIND PICKIN' UP MY MESSAGES FRAE THE BAKER?

NAE BOTHER, MRS MCPHEE.

YOU'RE A GUID LAD, WULLIE. HERE'S A BRIDIE FOR YERSEL'.

THANKS. IT'S AN INGIN ANE AN' A'. BRAW!

AYE. THIS'LL KEEP THE WOLF FRAE THE DOOR.

YE'RE A WEE GEM, WULLIE. HERE'S SOMETHIN' FOR YER TROUBLE.

A BRAMBLE JEELY PIECE. MA FAVOURITE.

JINGS! AH'D KEN THAT SMELL ONYWHERE.

I WAS EXPECTING YOU, WILLIAM. YOU ALWAYS SEEM TO KNOW WHEN WE'RE MAKING APPLE PIE.

AYE. I'VE A NOSE FOR THAE THINGS, PRIMROSE.

THEY DO SAY THAT THE WAY TO A MAN'S HEART IS THROUGH HIS STOMACH. SIGH!

YE KEN I'VE GOT A BIG HEART – AN' A BIG STOMACH FOR A WEE LAD.

CHIPS! BRAW! DROOL!

PARP!

HELP MA BOAB!

WULLIE. YE WEE . . .

I'VE HAD YER CHIPS, BOB. HA! HA!

IS IT DENNER TIME YET, MA?

AYE, AND YER PA'S NO' FEELING WELL, SO YE CAN HAE SECONDS O' A'THING IF YE WANT.

THICK SOUP FOLLOWED BY MINCE AN' TATTIES. YE CANNAE BEAT IT.

GROAN.

WHAT'S ON YOUR DIET THE DAY, WULL?

A BRIDIE, A JEELY PIECE, APPLE PIE, CHIPS, SOUP . . .

. . . TWA PLATES O' MINCE AND TATTIES, THEN RICE PUDDING.

NOW I'M AWA' TAE GET A SINGLE FISH AT TONI'S. NAE CHIPS, THOUGH, I'VE HAD THEM A'READY THE DAY.

MICHTY! THAT'S SOME DIET.

OCH, I DECIDED TAE HAE CHIPS, AN' A'. EFTER A', YE CANNAE FATTEN A THOROUGHBRED.

Wull's fitba' skills are braw –
but his gemme's against the law!

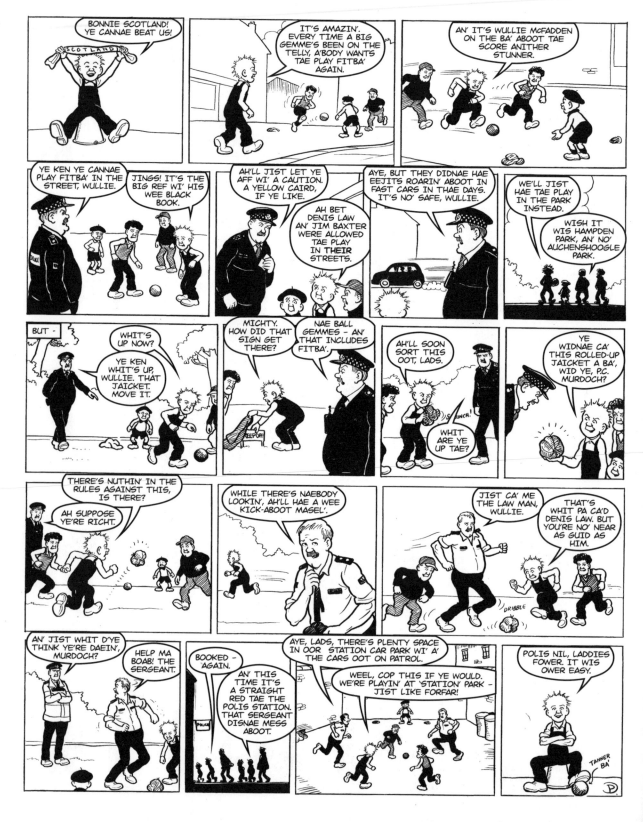

Bob's well confused –
but Wullie's amused!

The outfit for bikin' –
is no' tae Wull's likin'!

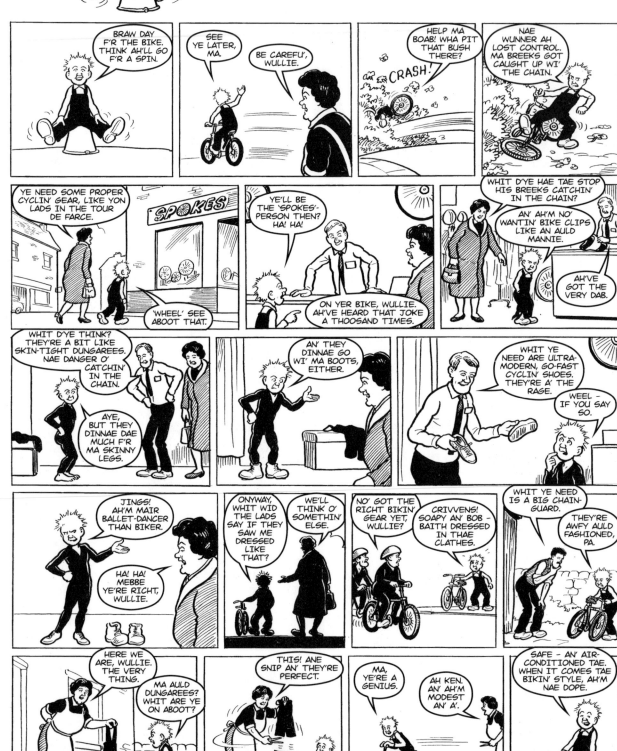

Wullie's latest job –
tae spifflicate puir Bob!

There's bargains tae be had – but no' for Wullie's dad!

IT'S AMAZIN' HOW A'BODY LIKES THINGS FRAE THE PAST. BUT AH'M NO' SELLIN' MA AULD BUCKET - NAE CHANCE.

MISTER CARNEGIE DOON THE ROAD BOCHT THAT AULD VAN FRAE THE FERMER AT AUCHENSHOOGLE MAINS. IT WIS A WRECK - BUT LOOK AT IT NOW. RICHT BONNIE.

AYE, AH MIND WHEN THE FERMER USED IT AS A HENHOOSE.

BUT NOW HE'S MADE A BRAW WEE NEST-EGG OOT O' IT. HA! HA!

AN' GRANPAW BROON COULD BUY A DIZZEN NEW BIKES IF HE SELT HIS AULD VINTAGE VINCENT MOTORBIKE.

CRIVVENS. WID YE LOOK AT THE PRICE O' THAT? YON CAR'S THAT AULD IT SHOULD BE IN A RETIREMENT HAME.

MAK'S ME THINK MA AULD CAIRTIE MICHT BE WORTH A SMA' FORTUNE.

EASY MAINTENANCE . . . ONE OWNER FRAE NEW . . . NAE DODGY WELDIN' . . . GUID WHEELS . . .

VINTAGE VEHICLE 50 QUID

FIFTY QUID, EH? IT'S HARDLY VINTAGE, BUT WORTH DOING UP. I'LL TAK' IT.

AH CANNAE BELIEVE IT. WHIT A SALESMAN AH AM. AH'M RICH BEYOND THINKIN'.

BUT -
HERE! WAIT! WAIT! IT WISNAE PA'S CAR AH WIS SELLIN'. STOP!
WULLIE! WHIT HAE YE DONE, LADDIE?

HEY, WULLIE - AH'LL GIE YE TWENTY BIG ANES F'R YER CAIRT.
WHIT? REALLY? YE'RE ON, TAM.

HAUD ON - AH'LL GIE YE TWENTY-FIVE F'R IT.
THIRTY AN' IT'S YOURS.

WHIT DID YE BUY MA CAIRTIE BACK F'R, PA? IT'S AN AULD WRECK O' A THING. IT'S NO' REALLY VINTAGE.

AH KEN THAT. BUT AS YOU DINNAE USE IT, AH THOCHT AH WID. LOOK!

AH PLANTED MA NEW SEEDLINGS IN THE BOX. THEY'RE COMIN' ON BRAW.
HELP MA BOAB!

IT'S NO' AULD STUFF THAT'S HARD TAE UNDERSTAND - IT'S AULD FOWK. THEY'RE PRICELESS.

Hibernatin's just the thing –
if ye want tae sleep 'til spring!

It's kind o' surprisin' –
what Wullie tak's guisin'!

HALLOWE'EN WIDNAE BE HALLOWE'EN WI'OOT A BIG TURNIP LANTERN, AN' DOOKIN' F'R AIPPLES.

AH'LL MAK' A START ON MA LANTERN EFTER AH'VE FED HARRY.

BUT –

WHAUR IS IT? MA, HAE YE SEEN MA BIG NEEP?

YOUR NEEP? JINGS! AH'VE BILED IT TAE HAE WI' OOR HAGGIS AN' TATTIES. AWA' AN' GET ANITHER ANE FRAE THE SHOP.

AH'VE GOT TATTIES, CABBAGE, CAULIES, CARROTS, LEEKS AN' INGINS. BUT THERE'S NAE TURNIPS LEFT THIS SIDE O' WICK, WULLIE. A'BODY'S BOCHT THEM F'R LANTERNS.

JIST IMAGINE IT – AN INGIN LANTERN. WHIT AM AH GONNAE DAE?

ACH, AT LEAST WE'LL HAE DOOKIN' F'R AIPPLES LATER.

WEEL, NOW YE COME TAE MENTION IT . . .

AW, MA, YE DIDNAE . . .

AH DID. AH MADE AIPPLE PIE, WI' A' THE FRUIT IN THE HOOSE.

AH HEARD ABOOT YER PROBLEMS, WULLIE, SO AH GOT SOME SWEDES FRAE THE SUPERMARKET.

WHIT? THEY'RE FAR OWER WEE TAE MAK' LANTERNS WI'.

AYE, BUT LOOK.

AH CANNAE BELIEVE THIS. AH'M DOOKIN' F'R NEEPS!

LATER –

WHAUR'S YER LANTERN, WULLIE?

AH'VE NO' GOT ANE. AH'M A FAILURE AS A GUISER.

HANG ON, WULLIE. HOW ABOOT THIS?

AN AULD BURST FITBA'? OCH, THAT'S NAE USE F'R ONYTHIN'.

IS IT NO'? JIST WAIT TILL I CUT THAE BITS OOT.

WHIT'S HE DAEIN'?

THEN I'LL PIT THIS TORCH INSIDE, SWITCH IT ON, AN' . . .

WID YE BELIEVE IT? IT'S A BELTER. WHIT A TURNIP F'R THE BOOK. HA! HA!

THAT'S BEEN SOME NICHT. AN' MA'S AIPPLE PIE FINISHES IT AFF BRAW.

Bonfire nicht usually means –
lots o' bangers an' lots o' beans!

Come the laddie, come the hour –
but Wullie ends up sharin' power!

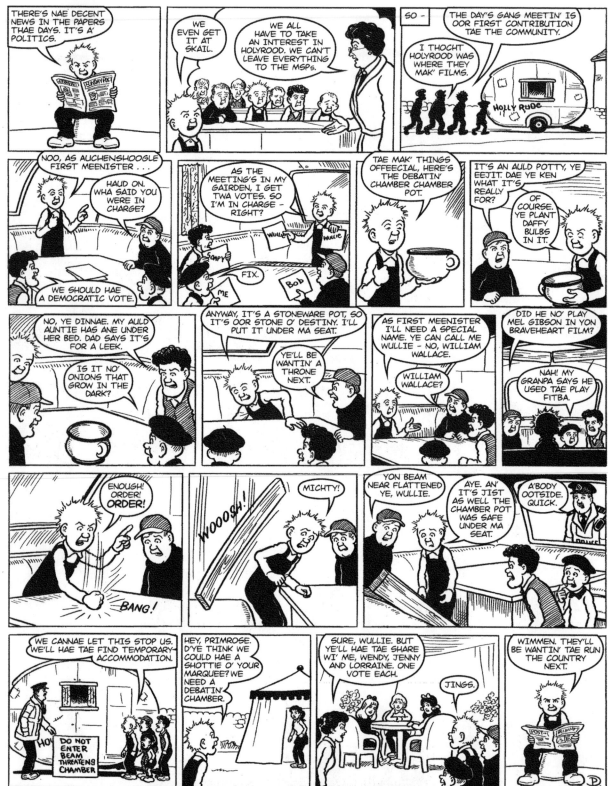

Is that a rhino roarin'–
or is it Fat Bob snorin'?

Look what's good –
for storin' wood!

 JINGS! IT'S GETTIN' CAULDER EVERY DAY. WHIT'S HAPPENED TAE GLOBAL WARMIN'?

 YE COULDNAE TOAST MUCH WI' THON WEE FIRE, MA.

THAT'S A' THE WOOD WE'VE GOT LEFT, WULLIE.

 THERE'S A DELIVERY DUE TODAY. GO OOTSIDE AN' KEEP AN EYE OOT FIR IT.

OKAY!

 LATER –

HERE IT IS AT LAST. OWER HERE, PAL. AN MAK' IT QUICK COS WE'RE FREEZIN'.

LOGS R U

 MICHTY! THAE LOGS ARE FAR OWER BIG FIR OOR FIRE.

CHOPPED LOGS ARE DEARER, WULLIE. YER PA WANTED THE CHEAPEST.

 IT'LL TAK' ME 'TIL NEXT SUMMER TAE SAW THROUGH THIS LOT.

 I'M GUID AT BREAKIN' LOGS, WULLIE.

ARE YE, BOB? LET'S SEE WHIT YE CAN DAE.

 CARAMEL LOGS, I MEAN. HA! HA!

I MICHT HAE KENT IT WIS FOOD HE WIS ON ABOOT.

 I'VE GOT A CIRCULAR SAW, WULLIE. DAE YE WANT IT?

THE VERY DAB.

 HERE YE ARE. IT USED TAE BE ON ANE O' THAE POWER BENCHES.

OCH! FAT LOT O' USE IT IS WI'OOT THE MACHINERY.

 BUT THEN AGAIN . . .

 THAT'S PERFECT, WULLIE.

SAW FAR SAW GOOD. HA! HA!

 LATER –

WHAUR WILL WE STORE THEM A' TAE KEEP THEM DRY?

NAE PROBLEM, MA.

 WE'LL PILE THEM IN THE CARAVAN. PARLIAMENT CAN LOG AFF FIR THE WINTER.

HOLLYRUDE

 I'LL JIST CHANGE THE NAME.

HA! HA! WEEL DONE, WULLIE.

HOLLYWUDE

 AMAZIN'! HOW DID YE MANAGE IT, WULLIE?

OH, WHERE THERE'S A WULLIE THERE'S A WAY!

 YE'LL NEVER GET HIM AWA' FRAE THE FIRE THE NICHT!

D

Is it really worth this fuss –
tae ride free on the bus?

Wull's central heatin'—
is jist plain cheatin'.

Wha's the auld geezer –
that's stuck in the freezer?

Look at Wullie's bony knees –
he's gone an' sold his dungarees!

Wullie has a plan tae stash –
lots o' lovely Christmas cash!

The last tree in the shop – is jist fit for the chop!

Wullie's lookin' glum –
will Christmas ever come?

The lads are in their trendy gear –
tae welcome in the comin' year!

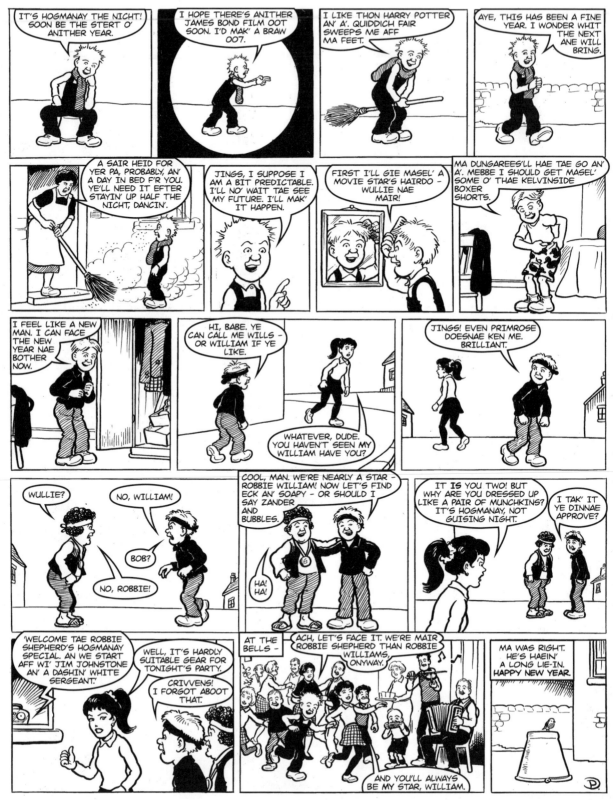